노
스
승
과

소
년

노스승과 소년

미나미 지키사이 지음

김영식 옮김

샘터

차례

—— 前夜　　전야　　　　　　　　7

—— 第一夜　첫 번째 밤　　　19

—— 第二夜　두 번째 밤　　　31

—— 第三夜　세 번째 밤　　　45

—— 第四夜　네 번째 밤　　　57

—— 第五夜　다섯 번째 밤　　73

—— 第六夜　여섯 번째 밤　　87

—— 第七夜　일곱 번째 밤　　101

—— 後夜　　후야　　　　　　115

역자 후기　126

전야

前夜

"세상에서 깊이 생각하는 사람은
늘 헤매고 늦고 손해를 본다."

그날 밤,

문 앞에서 고개를 숙이고 서 있는 소년에게 노스승老師
은 말했다.

"어린 벗이여. 이리 오너라."

노스승은 몸을 움직여 옆에 자리를 만들어 주었다. 소
년은 노스승의 옆에 앉았다.

"벗이여. 나의 옛날이야기를 들려주마. 네가 태어나기

휠씬 전, 내가 지금의 너보다 어렸을 때, 사람들은 이렇게 말했지."

'커서 무엇이 되고 싶니?'
'어서 컸으면 좋겠구나.'
'훌륭한 어른이 되어라.'

"나는 의아하게 생각했다."

'왜 커야 하지? 왜 어른이 되는 거지? 그냥 이대로도 좋은데. 지금이 좋은데. 그래도 나는 크겠지. 되고 싶지 않아도 어른이 된다. 왜 그럴까? '훌륭하다'는 것은 뭐지? 그것은 좋은 것인가?'

"벗이여. 나는 따스한 보살핌 속에서 자라났다. 아버지도 어머니도 인자하시어 나의 세계는 평온했지. 그런데 '어른'은 그 세계에 금이 가게 했다. 나는 그때 처음으로 괴로움을 느끼게 되었단다."

소년은 고개를 들고 노스승을 보았다.

"스승님. 바로 그대로입니다. 스승님은 저의 괴로움을 정확히 맞히셨습니다. 그렇습니다. 사람들이 당연하다고 생각하는 것을 저는 잘 모르겠습니다. 당연한 세계에서는 물어서는 안 되는 것, 생각해서는 안 되는 것이 있기라도 합니까? 하지만 저처럼, 그것이 도저히 잊히지 않아 늘 생각하지 않을 수 없는 사람도 있습니다. 제 기억이 처음 시작된 어느 날, 혼자 길을 걸어가다가 문득 나는 언젠가 죽는다는 것을 깨달았습니다."

'나는 죽는다. 그런데 내가 죽는다는 것은 무엇이지? 바로 나 자신이 없어진다. 없어진다고 생각하는 지금의 내가 없어진다. 죽는 나도 없어진다. 그런데 죽는다. 죽는 다⋯⋯.'

"그때, 풍경이 갑자기 거꾸로 흘러가기 시작했습니다."

'죽음을 생각하는 나 자신이 죽는다. 아아, 나는 지금 정말로 살아 있다고 할 수 있는가? 나는 어디에 있는가? 나는 지금 진정한 나인가?'

"저는 길가에 쭈그리고 앉았습니다. 죽는 것은 무엇인지, 나는 무엇인지, 뭐가 뭔지 모르게 되었습니다. 모르겠습니다. 지금도 모르겠습니다. 아무것도 모르겠습니다.

누군가 알고 있을까요? 아무도 모르는가요? 모르는 데도 왜 다들 괜찮다는 거죠? 왜 당연한 것이라고 할까요?"

"벗이여. 그때 너는 어른들에게 물었겠지. 죽는다는 것은 어떤 것인가? 죽음이란 무엇인가? 그 질문에 어른들은 이렇게 대답했을 것이다."

'천국에 가는 것이란다.'
'먼 세상으로 가는 것이란다.'
'하늘의 별이 되는 것이란다.'

"하지만 벗이여. 그것은 네가 듣고 싶은 말은 아니었을 것이다."

"그렇습니다! 스승님, 그렇습니다! 저는 어디로 가는지 알고 싶은 게 아닙니다. 어디로 가건 말건, 죽음이 무엇인지가 알고 싶습니다. 내가 없어진다. 사라진다. 그것은 어떤 의미인가? 궁금한 것은 그것인데도! 스승님! 어른들은 모릅니다! 그건 대답이 아닙니다. 어른들은 제 질문이 무엇을 의미하는지 알지 못합니다. 그것도 모르면서 죽은 다음의 일을 안다고 말합니다!"

"벗이여. 그건 아니다. 어른들은 네 질문의 의미를 알아. 아니까 죽은 다음의 이야기를 하는 것이지. 어른들도 너와 같은 생각을 했었단다. 그러나 그것은 결코 답이 나오지 않는 매우 위험한 물음이지. 그래서 가리려고 하는 거야. 자신도 과거에 그렇게 당한 것처럼. 어른이 된다는 것은 그런 물음을 가리게 된다는 것이다. 가림으로써 당연한 세계는 성립한다."

"스승님. 그건 틀렸습니다. 물음에 답하지 않는 것은, 가리는 것은 비겁합니다. 그것은 가장 중요한 물음이 아닌가요?"

"그렇다. 그러나 그 가장 중요한 물음에 답할 수 없는 것은 사실이다. 답할 수 없다면 어떻게 하겠는가? 그것이 중요한 까닭에 가릴 것인가? 답할 수 없어도 그 물음에 마주할 것인가?"

"가리는 것은 싫습니다."

"벗이여. 물음이 어른에게 가려진 채로 아이들은 어느덧 물음을 잊어버리고 당연한 어른이 된다. 그러나 드물게 물음이 가려졌다는 것을 잊지 않는 아이도 있지. 어느 쪽이 좋은지, 옳은 것인지 나는 모른다. 단지 잊지 못하는 사람은 계속 생각한다. 괴로워한다. 그리할 수밖에 없어. 그것은 그의 운명이다. 그리고 너의 운명이다."

"왜 그렇죠? 그건 모두 생각해야 할 것, 생각하지 않으면 안 되는 게 아닐까요?"

"그렇지는 않다. 깊이 생각하는 사람과 생각하지 않는 사람이 있을 뿐이다. 그리고 생각하지 않는 사람이 세상의 구조를 만드는 법이지. 그 세상에서, 깊이 생각하는 사람은 늘 헤매고 늦고 손해를 본다."

"아아, 그건 너무 불공평하군요."

"그래. 그러나 벗이여. 생각하지 않는 사람도 언젠가 생각할 때가 올 수도 있다. 가려졌던 물음이 드러나고 잊었던 물음이 생각날 수도 있어."

"스승님. 그것은 언제입니까?"

"어른으로 사는 것에 지칠 때가 있단다. 우연한 어떤 것이 주위의 모든 것을 무너뜨리는 수가 있지. 매일 우리는 병을 앓고 늙어간다. 그리고 모두가, 사람은 단지 혼자 죽는다는 것을 깨닫는다."

"생각한 사람이 보상받는 것이네요? 구원받는 것이

죠?"

"아니. 아무것도 보상받지 못한다. 구원받지 못해. 단지
어른들은, 그때까지 생각하지 않았던 사람들은, 너희가
이 세상에 존재하며 계속 생각했던 것의 의미를 이해할
것이다."

"스승님. 저는 생각을 계속해도 좋을까요? 그래도 괜찮
은 것일까요?"

"벗이여. 그것은 네가 정할 문제다."

노스승은 소년의 어깨에 살며시 손을 얹었다.

"자, 일어나라. 시간이 많이 늦었구나. 가야지."

소년이 밖으로 나가자, 노스승의 등 뒤에 있는 문이 열
리더니 소년보다 조금 어린 듯한 소녀가 작은 물통을 들
고 들어왔다. 그리고 노스승의 앞에 앉아 여느 때처럼 두
손으로 스승의 발을 씻기 시작했다.

"스승님. 그는 오늘 밤에 무엇을 배운 거죠?"

"그는 오늘 밤, 자신이 혼자가 아니라는 걸 알게 되었다."

첫 번째
밤

第一夜

"만약 삶이 좋은 것이라고 정해져 있다면,
왜 우리는 삶이 아닌 죽음을 선택할 수 있는 존재로
태어난 것일까요?"

달빛 내리는 숲길을 빠져나가자, 암자 앞 나무 그늘에 앉아 명상하는 노스승의 모습이 보였다.

노스승은 멈춰선 소년의 모습을 보고 말했다.

"벗이여. 안으로 들어가자."

두 사람은 암자 안으로 들어가 막 불이 지펴진 화로 앞에 앉았다.

"스승님. 저는 지금까지 남들에게 묻지 못했던 것이 많습니다. 또, 남들에게 물어봐도 비웃음만 샀던 질문이 있습니다."

"알고 있다. 말해 보아라."

"언젠가 한 남자가 스스로 목숨을 끊었습니다. 그것을 보고 사람들은 말했습니다."

'무섭다.'

'잘못된 일이다.'

'살아 있다는 게 좋은 건데.'

'살아 있으면 언젠가 즐겁고 좋은 일이 있을 텐데.'

"그런데 스승님. 그것은 정말로 잘못입니까? 용납할 수 없는 짓입니까? 삶은 좋은 것이라고 정해져 있습니까? 왜 그렇죠?"

"벗이여. 삶이 괴로운 사람은 죽음이 해결이라고 생각할 것이다. 삶에 지친 사람은 죽음이 휴식이라고 생각할 것이다. 그런데 너는 지금 해결이나 휴식을 바라는가?"

"아닙니다. 그렇지 않습니다. 저는 괴롭지도 않고 지치지도 않았습니다."

"그럼, 너는 어째서 죽음을 생각하는가?"

"저는 죽고 싶지도 않고 삶이 싫지도 않습니다. 제가 알고 싶은 것은, 어째서 사람은, 나는, 죽음을 선택할 수 있냐는 것입니다. 바라지도 않았는데, 이 선택이 왜 살아 있는 우리에게 가능한 것일까요? 스승님, 저는 가능한 것이 모두 옳지는 않다는 것을 알고 있습니다. 하지만 가능한 것이 모두 잘못된 것도 아니겠죠? 만약 삶이 좋은 것이라고 정해져 있다면, 왜 우리는 삶이 아닌 죽음을 선택할 수 있는 존재로 태어난 것일까요?"

"아아, 벗이여. 그 말 그대로다. 삶도 죽음도, 좋은 것이라고 정해진 것도 아니며 나쁜 것이라고 정해진 것도 아니다. 그것은 사람이 정하는 것이지 처음부터 좋은 삶이나 나쁜 죽음이 있는 게 아니야."

"그럼, 스스로 죽음을 선택하는 것은 나쁜 게 아니네요."

"선악을 말하는 것은 의미가 없단다. 그것은 사람의 일시적 판단이지 아무런 확실한 근거는 없어. 그러나 벗이여. 사람은 스스로 죽어서는 안 된다. 설령 그것이 잘못된 것이 아니라 해도, 삶이 죽음보다 훨씬 괴롭다고 해도, 스스로 죽어서는 아니 된다."

"그건 왜 그런가요? 스승님, 왜 그런 것입니까?"

"왜라고 물어서는 아니 된다. 이유를 구해서는 아니 된다. 이유는 없다. 이것은 결단이다. 벗이여, 너는 스스로 죽음을 선택해서는 아니 된다."

"그래도 저는 죽음을 선택할 수 있습니다. 죽음은 나쁜
것이 아니라고 스승님도 지금 말씀하시지 않았습니까?"

"선택할 수 있기 때문이다. 선택할 수 있으니 죽음이
아니라 삶을 선택한다. 이유 없는 이 결단이 이 세상의 모
든 좋은 것을 만들어 낸다."

"그럼, 선택할 수 없다면, 이 세상에 선도 악도 없는 것
입니까?"

"그렇다. 이유도 없이 삶을 선택하는 것. 그것만이 이
세상의 선을 낳고 선을 떠받친다."

"아아, 그것은 고통입니다! 그것은 저에게 큰 괴로움입
니다!!"

"벗이여, 너만이 아니다. 많은 사람에게 그것은 두려운
고통이다. 그러므로 사람들은 이 선택을 다른 존재에게

떠맡긴다. 그의 책임으로 하고 그의 명령으로 바꾸는 거지. 그는 신神이다."

"그래도 신의 명령에 따를지 말지는 선택할 수 있지요?"

"그렇다. 스스로 결단하든가 신의 명령에 따르든가 하는 것은 같은 것이지. 그리고 벗이여. 나는 오래전에 스스로 삶을 결단하였다."

"그때, 스승님에게 신은 없었나요?"

"나는 신의 앞을 떠났다."

"스승님, 그럼 다시 한번 여쭙겠습니다. 스승님이 선택한 삶은 선한 삶입니까?"

"벗이여, 그렇지는 않다. 삶에 선악은 없어. 선한 삶이 있다고 믿고 그것을 추구하다 죄악을 저지르는 수도 있다. 선택된 삶이 선한 것을 낳을 수 있다는 것뿐이야."

"그러나 선택된 삶이 나쁜 짓을 저지르게 하는 수도 있겠지요?"

"그럴 수도 있지. 나는 단지 삶을 선택한 사람이 선을 행하고 악을 피하기 바랄 뿐이다. 죽음이 아니라 삶을 선택한 사람이 그 의미를 스스로 생각할 때, 악을 꺼리고 선을 구하는 것을 믿는다."

"스승님, 그것은 어째서입니까?"

"산다는 것은 함께 산다는 것이기 때문이다. 선이란 함께 사는 것을 받아들이고 인정하고 기뻐하는 것이니까. 단, 벗이여, 오해하지 마라. 스스로 삶을 선택하고 삶을 결단하는 사람은 많지 않다. 대부분은 그저 살고 그저 죽는다. 기쁨과 슬픔, 즐거움과 괴로움, 사랑과 미움, 다양한 감정을 경험하면서 태어나서 죽을 때까지의 길을, 삶을 생각지 않고 죽음을 바라지 않고 각자의 발로 걸어간다.

이 길에는 선도 없고 악도 없다. 만약 그 길에 아무런 의문도 품지 않는다면 그의 일생은 편안하겠지."

"그것은 행복한 것입니까?"

"그것은 길을 걸어가는 사람 자신이 정하는 것이다."

"그럼, 삶을 굳이 선택해야만 하는 사람은 불행한 것입니까?"

"그것도 그가 정하는 것이다. 나는 단지, 어렵고 괴로운 삶이라고 생각한다. 그는 스스로 삶을 선택한 까닭에 선과 악을 자신의 힘으로 생각하고 판단해야 하니까."

"스승님, 왜 그처럼 괴로운 일을 해야만 합니까?"

"해야만 하는 것이 아니다. 그렇게 할 수밖에 없는 사람이 이 세상에 있을 뿐이지. 그 삶은 실로 어려울 것이다. 그러나 벗이여. 나는 그 삶에 공감하고 그 삶을 고상하다고 생각한다."

"그렇다면 제가 가진 선택지 중에 삶과 죽음이 있음을 깨달은 것은 좋은 일입니까?"

"벗이여, 내가 할 수 있는 말은 이것뿐이다. 나도 일찍이 그리했다. 그리고 지금 살아있고, 너와 이야기를 나누고 있지."

"스승님, 다시 찾아와도 되겠습니까?"

"네게 필요한 일이 있을 테지."

노스승이 그렇게 말하자 소년은 자리에서 일어났다.

노스승이 문 앞에서 숲길 저쪽으로 멀어져가는 소년의 모습을 바라보았다.

소녀가 차가운 밤기운을 걱정하며 노스승의 곁으로 다가왔다.

"그는 앞으로도 자주 찾아올까요?"

"찾아와도 소용없다는 것을 알 때까지는."

노스승은 조용히 문을 닫았다.

두 번째
밤

第二夜

"벗이여. '진짜'를 묻지 마라.
지금 여기에 있는 것이 어떻게 있는가?
어떻게 있어야 하는가를 물어라."

노스승의 암자가 보이는 곳까지 와서 소년은 멈춰 섰다.

"오늘 밤, 스승님을 만나도 좋을까? 내 고민은 창피하고 시시하고 한심한 것뿐이다. 그러나 달리 이것을 물을 수 있는 사람이 없다. 이를 묻는 사람의 마음을 동정해 주는 사람 또한 내게는 스승님밖에 없어."

소년은 그렇게 주저하면서 암자의 문을 밀었다. 그러자 눈앞에 노스승이 서 있었다.

"벗이여. 서둘러 왔는가?"

"스승님."

"앉아라. 마음을 가라앉혀라."

"스승님. 제가 알고 싶은 것은 창피하고 시시하고 한심한 것뿐입니다. 그래도 스승님께 질문할 수밖에 없습니다."

"괜찮다. 여기서는 꺼릴 것 없다."

소년은 잠시 침묵했다. 그리고 작지만 강한 소리로 짧게 말했다.

"'나'는 누구입니까?"

"왜 그것이 알고 싶은가?"

"스승님, '나'는 '나'인데도 '내'가 아닙니다!"

"그래서 무엇이 곤란한가?"

노스승은 하늘빛이 나는 눈으로 소년을 인자하게 바라

보았다.

"하지만 스승님……."

"벗이여. 네가 말한 대로 그 물음은 하잘것없다. 그러나 사람은 살을 에는 듯이 애써 그것을 생각한다."

소년은 단지 듣고 있었다.

"너는 만난 적도 없는 사람을 찾아낼 수 있는가?"

"못합니다."

"그렇다면, 네가 알고 싶은 것을 알 수는 없다."

"잘 모르겠습니다. 스승님."

"'나는 나인데도 내가 아니다'라고 너는 말했다. 그 물음으로 너는 무엇을 알고 싶은가?"

"스승님, '진짜의 나'입니다. '진정한 나'를 알고 싶습니다. 지금의 '나'는 '내'가 아닙니다! 사람들 속에서, 사람들 앞에서, 요구되는 행동을 하고, 당연하다는 것에 따라

행동하는 '나'는, '내'가 아닙니다! 그것은 임시의 거짓의 '나'입니다!!"

"그렇겠지. 그렇게 말하고 싶을 것이다."

노스승은 자신의 과거 모습이 떠오르는 듯 아련한 미소를 지었다.

"너는 '진짜의 나'가 아니다. 그러니 '진짜의 나'는 영원히 알 수 없지. 만난 적 없는 사람은 찾을 수도 없다."

"그러나, 그렇지만, 스승님. 세상에는 그것을 가르쳐준다고 말하는 사람이 있습니다. 그것을 아는 수단이 있다고 말하는 사람이 있습니다."

"틀렸다. 잘못된 것이다. 벗이여."

"무엇이 틀렸다는 것입니까?"

"그들은 잘못된 질문을 했다. 그들은 '나'라는 말을 모른다."

"아닙니다. 스승님. 이것은 말의 문제가 아닙니다. 지금 여기에 있는 '나 자신'의 문제입니다!"

"아니다. 만약 그렇다면, 지금 여기에 있는 자신을 그렇게 확실히 안다면, 너는 '진짜의 나'를 묻지 않았겠지. 정말로 문제인 것은 '진짜의 나'를 아는 것이 아니다. 네가 '진짜의 나'를 괴로울 정도로 알고 싶다고 생각한다는 거야."

"무슨 말씀이신지 모르겠습니다."

"사람은 모두 당연하게 '나'라고 말한다. 하지만 이 말은 무엇을 의미하는가? 벗이여, 너 또한 간단히 '나'라고 말하고 있다. 그것은 무엇을 가리키는가?"

"그것은……."

"무엇인가?"

"……."

"몸인가?"

"아뇨."

"마음인가?"

"그런 것 같습니다."

"언제의 마음인가?"

"지금의 마음입니다."

"지금은 이미 지났다. 과거의 마음은 이미 없다. 미래의 마음은 아직 없다. 그리고 과거의 마음과 지금의 마음과 미래의 마음이 똑같은 '나'의 마음이라고 어찌 말할 수 있겠는가?"

"그럼, 왜, '나'는 언제까지나 '나'인 걸까요?"

"사람은 바뀌지 않는 '나'를 떠받치는 무언가 확실한 것이 있을 것이라고 생각하지. 그러나 그것은 아무래도 보이지 않는다. 왜냐하면, '나'라는 말은 확실한 내용을 가진 말이 아니라 단지 어떤 위치, 어떤 장소를 가리키는 말에 불과하거든."

"그 장소는 어디입니까?"

"'당신'이나 '그'가 아닌 곳, '지금, 여기'다. '나'는 그곳에 찍힌 표시다."

"그것뿐인가요?"

"그것뿐이다. 그 장소에 사람은 경험을 모으고 쌓아 올리지. 그리고 그것을 이야기한단다."

"이야기한다고요?"

"모이고 엮이고 정리된다. 그것이 말을 가진 인간이라는 것의 존재 방식이다. '나'라는 제목의 이야기를 만들어야 하지."

"스승님, 그럼 누가 정리합니까? 누가 '나'를 이야기합니까?"

"적어도 '나'는 아니다."

"스승님, 누군가 있을 겁니다! 그것이 '진짜의 나'겠지요!"

"아니다. 벗이여, 만약 '진짜의 나'가 있다면, 그것은 '나'라는 이야기를 만들게 하는 병病이라고 말해야 한다. 혹은 '당신'이나 '그'와 함께 있으면서 경험하게 되는 '거짓의 나'에 대한 불안이라고 말해야 하지. 너는 나에게 '나는 진정한 내가 아니다'라고 말했다. 사람들로 하여금 그런 말을 내뱉게 하는, 이 균열, 이 상처, 이 고통이라고 말해야 한다."

"그럼, '진짜의 나'를 찾는 사람은 단지 어리석을 뿐인가요?"

"그렇다. 그러나 어리석어야 열리는 길도 있단다."

스승은 소년의 어깨에 손을 얹었다.

"너는 지금 여기에서 나와 대화를 하고 있다. 그것이 진짜의 너이건 가짜의 너이건, 너인 것이다. 우리 두 사람에게 그것으로 충분하다. 그리고 그것 말고는 우리가 의지할 것은 없다."

소년은 잿빛으로 빛나는 노스승의 눈동자를 바라보았다.

"벗이여. '진짜'라고 이름 붙은 것은 결코 찾을 수 없어. 그것은 '지금 여기에 있는 것'의 불안에 불과하다. 괴로움에 불과해. '진정한 무엇'은 찾은 순간에 '거짓'이 되고 다시 불안이 찾아온다. 만약 '진정한 무엇'을 찾았다고 한다면, 그것은 모두 다 어느 때 어느 경우에 사람의 편리를 위해 일단 결정한 약속에 불과하다."

노스승의 낮은 목소리는 조금 강해졌다.

"벗이여. '진짜'를 묻지 마라. 지금 여기에 있는 것이 어떻게 있는가? 어떻게 있어야 하는가를 물어라."

"스승님, 어떻게 물으면 좋을까요? 저는 그것을 모르겠습니다!"

"너는 문 앞까지 왔다. 안으로 들어가고 싶으면 들어가도 좋다. 그러나 오늘 밤은 아니다."

"스승님. 다시 문을 열러 오겠습니다."

소년은 일어나서 조용히 머리를 숙이고 암자를 나갔다.

"스승님. 잠자리가 준비되었습니다."

어두컴컴한 방에서 소년이 나가는 것을 기다리던 소녀가 노스승에게 말했다.

"좀 피곤하구나."

"그가 다음에 오면 거절할까요?"

"그는 재차 올 것이다. 어리석음은 거듭되지. 거듭되는

동안에 어리석음을 깨달을 때가 있다. 그것에서만 나오는

지혜가 있다."

세 번째
밤

第三夜

"단지 깨졌다는 것을 알기 전에는
나도 스스로 깨져 떨어진 무언가를 찾고 있었다."

소년이 암자 문 앞까지 오자, 안에서 희미한 소리가 났다. 자물쇠도 없는 문을 조용히 열자, 화롯불이 꺼져 있어 방은 어두웠다.

방 안쪽에서 네모진 모양으로 빛이 흘러나오고 있었다.

"나 여기 있다. 들어오너라."

소년은 빛으로 다가가 두 번째 문을 열었다. 노스승은 침대에 누워있었다. 그 몸이 의외로 컸는데, 길게 뻗은 그 모습에서 병이 느껴졌다.

"스승님. 오늘 밤은 그냥 돌아가겠습니다."

"괜찮다. 벗이여, 그 의자에 앉아라."

"몸이 편찮으십니까?"

"종종 이럴 때가 있어. 염려할 것 없다."

온화한 등불에 비친 노스승의 얼굴에는 그늘이 가득하
고 크게 뜬 눈은 물기를 띠고 있었다.

"스승님……."

"벗이여."

소년이 말을 하기 시작하자 노스승이 가로막았다.

"벗이여. 너는 오늘 밤도 말하고 싶은 것이 있어 여기
왔다고 생각하고 있겠지?"

"네."

"아니다. 너는 외로우니까 여기 온 것이다."

소년은 대답하지 않았다.

"너는 이 노인만이 자신의 마음을 알아준다고 생각하겠지. 그러나 아니란다."

"하지만, 스승님."

"내가 아는 것은 너의 마음이 아니다. 너의 괴로움이다."

"그러니 저는 스승님이야말로 저를 제일 잘 알아주시는 분이라고 생각합니다."

"그것은 나와 상관없다. 내가 보고 있는 것은 네가 아니다."

"그럼, 스승님의 괴로움은 무엇입니까?"

"그것을 말해도 의미는 없다."

"그렇지만 스승님. 의미가 있는지 없는지 판단하는 것은 접니다!"

소년은 용기를 내서 말을 내뱉었다. 스승은 이날 밤 처음으로 크게 온화한 미소를 지었다.

"그래, 그렇지. 그렇다면 오늘 밤은 내 이야기를 해주마. 하지만 이야기를 들으며 나를 보지 마라. 전혀 의미 없을 테니. 대신 어느 인간이 어떻게 괴로워하는지 보도록 해라."

스승은 몸을 약간 일으켜 베개에 기댔다.

"어렸을 때, 아직 나에게 '나'의 기억이 없을 때, 어떤 사건이 있었다. 나는 작은 개울가의 길을 걷고 있었어. 그런데 앞쪽에 어떤 노인이 길가에 앉아서 한 손을 개울 속에 넣고 있었다. 무엇을 하는지 다가가서 보니 대나무 상자에 갇혀 있는 쥐를 물에 담가서 죽이고 있었다. 아마 집에 있는 쌀 같은 것을 분탕질했겠지."

노스승은 그 쥐가 보이는 듯 시선을 허공으로 향했다.

"'끼익, 끽' 하고 쥐는 무언가 찌르는 듯한 소리를 질러대며 작고 날카로운 발톱으로 상자를 긁어대고 있었다. 나는 노인의 큼직한 등 위에 우뚝 선 채로 단지 그 소리를 듣고 있었다. 그러자 기척을 느꼈는지 돌연 노인은 등 뒤로 나를 돌아보았다. 그리고 내 눈을 쳐다보고 주름진 얼굴로 싱긋 웃었다. 그때, 나의 어딘가가 갈라졌다. 그때까지 아무렇지도 않았던 세계의 무언가가 돌연 이지러졌고, 깨졌다. 이미 쥐도 노인도 아무래도 상관없었다. 아니, 존재하지 않았다."

노스승은 소년의 시선을 눈치채고 고개를 들었다.

"그것보다는, 그때 처음으로 나에게 '내'가 그리고 '세계'가 나타났다. 그 '세계'에는 어른이라는 '타인'이 있었다. 그는 누구인가? 이런 식으로 쥐를 죽일 수 있는 사람. 그것이 그때의 나에게 어른이며 타인이며 '인간'이었다.

말로 표현하자면 말이지."

"무서웠나요?"

"전혀, 무섭다는 생각은 들지 않았다. 단지, 모든 것이 달라졌지. 돌연 '내'가 '세계'에서 '타인'과 있었다. 너무 놀란 나머지 우는 것도 잊어버렸어."

"아아, 스승님. 저도 있습니다! 있습니다!"

"알고 있다. 너는 이미 말한 적이 있어. 그렇지만 벗이여. '나'와는 관계없다. 그것은 '나'에게 있지 않고 인간에게 있다. 그것이 인간이 되는 것이다. 다른 어떤 사람이 말했지. 어느 날, 정신을 차려보니 길을 잃어버린 거야. '여기가 어디지?' 울면서 어머니를 찾아 걷고 있는데, 어느 길모퉁이를 돌아선 순간, 갑자기 '여기가 어디지?'가 '나는 누구지?' 하며 모든 것이 뒤집어졌다고 한다. 호흡이 멈춰질 정도로 두려운 경험이었다고 해. 너무나 큰 공

포에 그는 그야말로 불이 붙은 듯 울기 시작했는데 마침 지나가던 사람이 도와줘 어머니를 찾았지. 어머니를 만나도 큰 소리로 계속 우는 그를 보고 주위 모든 사람이 당황했다고 한다."

"스승님!"

"알겠는가?"

"네!"

"어째서 아는가? 그것은 네가 인간이기 때문이다. 너는 그의 감정을 알지는 못한다."

"인간이란 무엇입니까?"

"갈라진 것, 깨진 것이다."

"무엇이 갈라지고 깨졌습니까?"

"사람은 그것을 찾으며 괴로워하지."

"스승님도요?"

"그때의 일이 시작이었다."

"지금도 찾고 계십니까?"

"찾고 있다."

노스승은 약간 목소리를 높여 말을 이어갔다.

"단, 갈라진 것, 깨진 것을 찾는 것이 아니다."

"그럼, 다른 것입니까?"

"다들 여기서 착각을 한다. 무엇이 깨진 것이 아니다. 단지 깨진 것이다."

"그럼 무엇을 찾는 것입니까?"

"단지 깨졌다. 그러므로 단지 찾는다."

"모르겠는데요. 전혀 모르겠습니다. 스승님!"

소년은 가슴 한구석에 고통을 느꼈다.

"벗이여, 그렇다. 모를 것이다. 단지 깨졌다는 것을 알기 전에는 나도 스스로 깨져 떨어진 무언가를 찾고 있었다. 그러나 그 이야기는 다음에 하도록 하자."

스승의 눈에서 갑자기 빛이 사라졌다. 몸이 가라앉으며 작아졌다.

"아아, 스승님, 죄송합니다. 오늘은 이만 돌아가겠습니다. 다시 꼭 오겠습니다."

소년은 일어나서 서둘러 밖으로 달려나갔다.

방문이 다시 열리고 소녀가 김이 오르는 찻잔을 담은 쟁반을 들고 들어왔다.

"기분은 어떠세요?"

"그저 그렇구나."

소녀는 두 손으로 천천히 노스승의 몸을 일으키고 찻잔을 조심스레 건넸다.

"스승님은 그를 좋아하나요?"

"의사는 환자가 좋아서 치료하는 게 아니다."

"그렇지만…"

"그 아픔을 좋아한다고나 할까?"

"아픔이요?"

노스승은 차를 한 모금 마시고 말했다.

"여러 가지 아픔이 있다. 낫지는 않지만 살아갈 수는 있는. 그러면 됐다."

네 번째
밤

第四夜

"무언가 이상하다. 나는 이상하다.
나이를 먹으면서 점점 더 그런 생각이 많아지고 강해졌다.
주위의 아무도 나와 같은 생각은 하지 않는 듯했다.
나는 나 자신과 잘 지내지 못하게 되었다."

소년이 왔을 때 노스승은 자고 있었다. 병은 아직 낫지 않았다.

　볼의 광대뼈가 튀어나오고 깊은 그늘이 진 노스승의 얼굴을 계속 바라보며 소년은 얼마큼의 시간이 지났는지 잊고 있었다.

　"벗이여. 언제 왔는가?"

　조금 쉰 목소리와 함께 노스승은 눈을 떴다.

"이제 막 왔습니다."

"오늘 밤은 네가 조용하구나, 너무나도."

"스승님 말씀을 듣고 싶어 왔습니다. 그것뿐입니다."

소년은 살짝 몸을 숙였다.

"스승님, 일어나시겠습니까?"

"아니다. 이대로 괜찮다."

노스승은 가슴 위로 팔짱을 꼈다.

"지난 밤, 나는 너에게 인간이란 갈라진 것, 깨진 것이라고 말했다. 너는 무엇이 갈라지고 깨졌는지 물었지."

"스승님은 단지 깨졌다고 말씀하셨습니다. 전 그걸 잘 모르겠습니다."

소년의 목소리는 속삭이는 듯 낮았지만 점점 높아졌다.

"벗이여. 이야기를 잇도록 하마. 죽임을 당한 쥐를 본 이후, 나는 작지만 감출 수 없는 불안에 휩싸였다. 그것은 가슴 속의 불씨 같은 것으로, 어떤 계기로 타올라 나를 태우곤 했다. 그럼에도 나는 이 불안의 의미를, 정체를 알 수 없었다. 어른에게 물어보고 싶어도 무엇을 물으면 좋을지 몰랐다. 그들은 쥐 이야기를 하면 어서 잊으라고 했다. 죽음이란 어떤 것인가 물으면 저승이나 하늘의 별 이야기를 했지."

"그것으로 마음이 편해지면 좋겠지만……."

소년이 중얼거리자 노스승은 미소를 지었다.

"마음이 편해지지 않을 때는 어쩔 도리가 없겠지."

노스승의 시선은 소년의 얼굴에서 창으로 옮아갔다.

"무언가 이상하다. 나는 이상하다. 나이를 먹으면서 점점 더 그런 생각이 많아지고 강해졌다. 주위의 아무도 나와 같은 생각은 하지 않는 듯했다. 나는 나 자신과 잘 지내지 못하게 되었다. 가족도 나의 변화를 눈치채기 시작했지. 마침 그즈음, 나는 밖으로 나가지 못하게 되었다. 벗이여. 네 나이쯤의 일이다."

소년은 얕은 한숨을 내뱉었다.

"일단 어른들은 늘 바빴다. 친구들은 어쨌든 학교에 잘 다니고 있었다. 아버지와 어머니는 오로지 나를 걱정하며 한숨지었다. 의사의 진찰도 받았다. 그러나 벗이여. 그들 속에 나의 자리는 없었단다. 나는 밖으로 나가지 못한 것이 아니야. 밖에 내가 들어갈 자리가 없었던 것이다."

"그때의 스승님은, 이상한 것은 자신이 아니라 다른 사람들이라고 생각하셨겠죠?"

"그렇게 생각하고 싶었다. 하지만 아니다. 나는 어느 쪽이 이상한지 알 수 없었다."

"스승님. 저는 예전에 아버님에게 이런 말을 들었습니다."

'네가 고민에 빠진 이유는 고생을 몰라서다. 편하게 살아서다. 굶주림이나 병으로 고생하는 사람들에 비하면 정말 한심하다. 사치스러운 고민이다.'

"저는 그때 생각했습니다. 사람들은 아무것도 모른다. 분명 굶주림과 병은 괴롭겠지. 그러나 나도 괴롭다. 두 가지 괴로움은 비교 대상이 아니며 비교해도 의미가 없다고요. 굶주림이나 병은 음식과 의술로 나을 수 있지만 저의 괴로움은 무엇으로 고치면 좋을까요?"

"벗이여. 말 그대로다. 생활의 괴로움과 삶의 괴로움은 다른 것이다."

"그럼, 스승님. 다른 사람들이, 아버지 같은 사람들이 잘못된 게 아닙니까?"

"나는 단지 다르다고 말했을 뿐이다. 다름을 모르는 것이 잘못이라고는 하지 않았다. 벗이여. 너는 현명하다. 옛날의 나보다 훨씬 지혜롭지. 무엇이 바르고 무엇이 그릇된 것인지 생각하며 바른 것을 알고자 한다. 그러니 보이지 않고 알 수 없는 것이다. 네가 아는 '바른 것'이 모든 것을 가린다."

천천히 움직인 잿빛 눈이 소년의 눈을 뚫어지게 바라보았다.

"벗이여, 잠시 들어보아라. 어느 날, 모르는 사람의 편지가 왔다. 그 편지에는 이렇게 적혀 있었다."

'당신의 괴로움은 많은 사람의 괴로움이다. 그 괴로움을 구원하는 신전神殿의 성자聖者를 찾아가라.'

"나는 놀랐다. 나의 괴로움이 많은 사람의 괴로움이라

고? 그런가? 그렇다면, 왜 내 주위에는 그런 사람이 한 사람도 없지?"

소년은 자기도 모르게 웃음이 나왔다.

"그러네요."

"괴로움을 구원하는 사람이 정말로 있는지 확인해보고 싶었다. 그래서 나는 신전으로 갔다."

노스승의 눈은 다시 허공을 향했다.

"사람들의 긴 줄이 큰 돌문에서 밖으로 이어졌다. 남녀노소 가리지 않고 많은 사람들이 있었지. 사람들은 오른쪽 문으로 들어가고 왼쪽 문으로 나왔다. 나오는 사람들은, 어떤 사람은 환하게 미소 짓고, 어떤 사람은 슬픈 듯 고개를 숙이고, 또 어떤 사람은 험상궂은 표정으로 머리를 흔들며 돌아갔다."

"그들은 모두 스승님과 같은 괴로움을 가진 사람이었

습니까?"

"알 수 없었다. 나는 줄 서 있는 누구와도 말을 나누지 않았거든. 성자를 만나면 알게 되겠지. 내 물음의 답을 받는다면, 같은 물음을 가진 사람도 왔다는 것이겠지. 나는 그렇게 생각했다. 성자는 신전 안쪽의 높은 자리에 앉아 있었다. 새하얀 옷으로 감싼 몸에는 위에서 한줄기의 빛이 내리쬐고 있었다. 내가 앞에 서자, 그는 손을 내게 내밀고 간신히 들리는 낮은 목소리로 말했다."

「무릎을 꿇어라. 절을 해라. 그리고 내 앞에 앉아라.」

나는 그대로 했다.

성자의 입에서 큰 소리가 울렸다.

「말해 보거라.」

"성자여. 사람은 왜 죽는 것입니까? 나란 무엇입니까?"

「그걸 모르는가?」

"모르겠습니다."

「그것은 네가 잊었기 때문이다. 너는 그것을 알고 있었다. 이 세상에 죽음이 있는 이유도. 네가 누구라는 것도.」

"잊었다고요? 언제 잊은 것이죠? 알지도 못했는데."

「너는 태어나기 이전에 모든 것을 알고 있었다. 가르침을 받았기 때문이다.」

"누가요!? 누가 가르쳤다는 것입니까?"

「신이다.」

"성자는 즉시 말했다."

듣고 있던 소년이 작게 숨을 토했다.

"나는 곧 다시 질문했다.

"태어나기 전의 나란 누구입니까?"

「신의 자식이다.」

"네?"

「그것이 진짜의 너다.」

"하지만……."

「이해하지 못하겠는가?」

"네."

「그렇다. 이는 이해하는 것이 아니다. 믿는 것이다.

이해할 수 없으니 받아들일 수 없다고? 신은 그것을

벌한다. 태어나기 전에 신의 자식이었던 너는 그러

한데도 불구하고, 다른 괴로워하는 인간처럼 신을

받아들이지 않아, 그 오만으로 **신**에게 벌을 받은 것
이다. 지금 네가 죽음의 의미를 모르고 진정한 자신
을 모르는 것은 그 벌 때문이다.」

성자의 목소리가 신전에 울려 퍼졌다.

「용서를 구하라! 그리고 다시 섬겨라! **신**의 손에 몸
을 맡겨라!」

"스승님, 스승님."

소년은 갑자기 커진 노스승의 목소리에 놀랐다.

"벗이여. 그때 내가 무엇을 느꼈다고 생각하는가?"

"분노입니까?"

"아니다. 나는 슬펐다. 믿을 수가 없는 것이 슬펐어. 성
자의 가르침은 아름다웠다. 그 가르침은 신전의 기둥처럼
똑바르게 **신**으로 향하고 있고 그밖에 불순한 것은 아무것

도 없었다."

"왜 믿을 수 없었던 것입니까?"

"이해할 수 없었기 때문이다."

누구라도 옛날을 떠올릴 때 그렇게 되듯, 노스승은 차분해진 말투로 말했다.

"이해하려고 생각하는 것이 오만의 벌을 받게 되는 죄라고 단언하는 것이야말로 오히려 더욱 오만하다고, 그때의 나는 생각했다."

"스승님은 지금이라도 신을 믿고 싶으신가요?"

"그것은 꿈이고, 동경이다. 그러나 나는 계속 찾아야 할 것이 있다."

"지금도요?"

"그때부터 지금까지. 그리고 앞으로도."

두 사람은 잠시 말을 하지 않았다.

"나는 **신**의 앞을 떠났다. 마지막으로 성자는 나에게 이렇게 말했다."

「영원한 죄인이여!」

"나는 단지 슬펐다."

"스승님."

"돌아가는가?"

"네."

"또 오거라."

노스승은 처음으로 소년에게 이렇게 말했다.

그날 밤, 소녀는 문 뒤에서 두 사람의 대화를 드문드문 듣고 있었다.

소녀는 노스승의 침상을 정돈하고 등불을 줄이면서 물었다.

"지금의 그에게 **신**은 있습니까?"

"소년은 그것을 바라고 있다. 한 번은 찾았지. 그러나 도움이 되지 않았다. 그래서 여기에 오는 거야."

"그것은 슬픈 것입니까?"

노스승은 쉰 목소리로 중얼거렸다.

"단지 어쩔 도리가 없을 뿐이지."

다섯 번째
밤

第五夜

"이해할 수 없는 것을 용납할 수 없을 때, 사람은 믿는다.

믿고 있다는 것을 잊었을 때, 사람은 이해한다."

◇
◇

소년은 걸으면서 생각했다.

'스승님은 **신**을 떠났다고 말씀하셨다. 믿을 수 없어 이해하고 싶었기 때문이라고. 그럼, 이해할 수 없는 것은 그냥 믿으면 되는가? 믿는 것과 이해하는 것은 다른가? 물론 다르겠지. 그러나 어떻게 다르지? 애초 이 의문에 의미가 있을까? 스승님 말씀의 중요한 내용과 관계되는 것일까?'

그것도 소년은 알 수 없었다.

단지 믿는 것과 이해하는 것, 이 두 가지가 그의 마음을 붙들고 놓지 않았다.

암자의 창에서 노란색 빛이 새어 나왔다.

"스승님."

소년은 밝은 목소리로 문을 열었다.

"벗이여."

노스승은 벽에 몸을 기대고 화로 앞에 앉아 있었다.

"일어나 있어도 괜찮으십니까?"

"오늘은 기분이 좋구나."

"스승님."

소년은 이전처럼 스승의 옆에 앉았다.

"벗이여. 잘 왔다. 질문이 있겠지? 하지만 내 이야기를 좀 더 들어라. 다음 이야기를 들려주마."

노스승은 등을 벽에서 떼고 소년 쪽으로 몸을 돌렸다.

"신전의 성자를 방문하고 얼마 되지 않아, 한 청년이 내 집을 찾아왔다. 그는 말했다."

"나는 자네를 알고 있다. 자네는 신전의 성자에게 갔었지?"

내가 갔다고 대답하자 그는 말을 이었다.

"나도 그날, 신전에 갔다. 그리고 신전에서 나오는 자네를 보았어. 자네의 얼굴을 본 순간, 나는 생각했다. 아아, 나와 같은 자다. 신전의 성자의 가르침을 받아들일 수 없구나."

"그렇다기보다도……"라고 내가 말하기 시작하자 그는 곧바로 말을 이었다.

"아니, 그렇다. 나는 알아. 자네는 믿을 수가 없었겠지. 나도 결국 그랬다. 나는 몇 번이나 성자의 말을 들었지만 역시 믿을 수 없었다. 그렇다면, 자네, 나와 함께 동굴의 은자隱者가 있는 곳으로 가지 않겠나? 그야말로 진실을 말하는 자다. 그야말로 우리에게 진리를 보여주는 자다. 우리가 궁금한 모든 것을 가르쳐주는 자다."

"벗이여, 나는 가기로 했다."

"그 청년의 말을 믿었던 것입니까?"

"물론, 아니다. 그러나 벗이여. 너였어도 그를 따라갔을 것이다."

"그렇겠죠."

소년은 미소를 지었다.

"그와 나는 깊은 숲속, 강의 상류를 지나 바위산 속에

숨겨진 동굴로 갔다. 멀리 희미한 등불이 보였다. 동굴 입구에서 그는 말했다."

"은자여. 벗을 데리고 왔습니다."

아무런 대답이 없었다.

그러나 그는 그대로 안으로 들어갔다.

"들어가세."

들어가니 작은 모닥불 저편에 백발을 등까지 길게 늘어뜨린 노인이 앉아 있었다. 허리께를 살짝 가렸을 뿐인 노인은, 거무스레하게 바싹 마른 몸이었으나, 가득한 주름 속의 눈은 무언가 비추는 것처럼 빛나고 있었다.

「신전의 성자를 떠난 자가 바로 자네인가?」

살짝 떨리기는 하지만 노인이라고 생각할 수 없는

큰 목소리로 은자는 내게 말했다.

"그렇습니다."

「왜 그랬나?」

"이해해야 하고, 믿으라는 말을 들었기 때문입니다."

그때, 은자의 입가에 희미한 미소가 떠올랐다.

"웃었나요?"

소년이 끼어들었다.

"웃었다. 그리고 곧 천천히 또렷하게 말했다."

「믿는다는 것은 가리는 것에 불과하다. 신은 영원한

어둠이다.」

"무엇을, 무엇을 가린다는 것입니까?"

나를 데리고 온 청년은 어느새 은자의 등 뒤에 앉아

있었다.

그 청년이 외쳤다.

"허무다!"

"허무?"

은자는 다시 입을 열었다.

「자네는 신전의 성자에게 물었을 것이다. 사람은 왜
죽는지, 나란 무엇인지.」

"네."

「그 답은 없다! 사람은 이유도 의미도 없이 태어나고
죽는다. 나란 무엇인가……, 아무것도 아니다! 그
물음의 답은 모두 착각이다. 보이는 것도 들리는 것
도, 그저 보이고 그저 들리는 것에 불과하다. 진짜는
아무것도 없다. 무언가 있다고 생각해도 그것은 생
각에 불과하다. 모든 것이 허무의 연못에 걸친 무지

개와 같은 환상이다.」

"하지만……."

「대낮의 **신**은, 허무에서 눈을 돌린 자가 허무 대신에 보는 환상이다. 허무를 견딜 수 없는 자가 보는 꿈이다. 견딜 수 없는 약한 자들이 모두 함께 보는 꿈은 그들에게는 현실이 된다. 하지만, 우리는 꿈에서 깼다. 허무를 보았다.」

은자는 천천히 일어났다.

소년은 참지 못해 말했다.

"스승님, 스승님, 저는 그것을 견딜 수 없습니다. 그 허무가 괴롭습니다."

"그렇다. 벗이여, 그 허무가 우리에게도 보인다. 나는 은자에게 말했다."

"은자여. 이미 나는 살아 있고 세계는 여기에 있습니다. 모든 것이 허무라면, 나는 이 세계에서 어떻게 하면 좋습니까? 모든 것이 무의미하다면, 죽어 버리는 게 좋습니까?"

「스스로 죽을 의미도 없다.」

은자는 애처롭다는 듯이 말했다.

「욕망을 버려라. 생각을 버려라. 사고를 버려라. 행동을 버려라. 나와 세계를 버려라. 강이 바다로 흘러가듯, 언젠가 최후의 때가 우리를 허무로 흘려보낼 때까지, 눈을 뜬 채로 자고, 살면서 죽는 것이다.」

은자의 말은 점차 작아졌다.

소년은 노스승의 눈을 뚫어지게 바라보았다.

"스승님, 그 은자는 스승님의 스승입니까?"

"그렇지 않다."

"아아!"

소년은 돌연 울기 시작했다.

"그렇습니까! 아아, 다행이다! 다행입니다."

"벗이여. 그는 나의 스승이 아니다. 왜 내가 그를 스승으로 삼지 않았냐고? 그의 말은 나를 놀라게 했다. 나를 움직이는 힘이 있었다. 나는 그를 따르려고 했다."

노스승은 울먹이는 소년의 어깨에 손을 얹었다.

"하지만 그때, 내 눈에 그 청년이 들어왔다. 나를 여기로 데리고 온 청년, 그는 그때, 은자를 올려다본 채로 손발이 묶인 사람처럼 꿈쩍도 하지 않았다. 그 모습을 봤을 때, 나는 문득 생각했다. 이것은 **신**을 믿는 사람과 똑같은 모습이 아닌가? 허무라는 것은 **신**의 다른 이름으로, 허무를 깨달아 모든 것을 버린다는 것은, **신**을 믿고 따르는 것과 똑같지 않은가?"

"스승님."

"묻고 싶은 것은 묻도록 해라."

"믿는다는 것은 무엇입니까? 이해한다는 것은 무엇입니까?"

"이해할 수 없는 것을 용납할 수 없을 때, 사람은 믿는다. 믿고 있다는 것을 잊었을 때, 사람은 이해한다."

소년은 가만히 노스승을 바라보았다.

"스승님은 **신**을 떠난 후, 허무를 어떻게 하였습니까?"

"그냥 그대로 놔두었다."

"스승님, 스승님의 스승은 누구입니까?"

"피곤하구나."

소년은 노스승의 발에 손을 댔다.

"푹 쉬시죠. 편안히 주무시길."

소년이 밖으로 나가자 소녀는 노스승의 몸을 부축하여 침실로 이끌었다.

"스승님, 그에게도 성자나 은자가 있었던 것일까요?"

"있었다. 단, 그것은 그 자신이다. 답을 계속 구하는 욕망이 그것이지."

"욕망……."

"성자도 은자도 욕망의 그림자에 불과하다."

여섯 번째
밤

第六夜

"내가 나인 것, 내가 지금 여기에 사는 것,
그것을 받아들이고 싶다는 것. 단지 그 욕망만이 답을 구한다.
그리고 그 욕망만이 삶의 괴로움이다."

노스승의 명상은 이어졌다. 소년이 암자 문을 열고 스승 옆에 앉아도 명상은 멎지 않았다.

　이 방에서 들은 몇 가지 말을 떠올리면서 소년은 점차 시간의 흐름을 잊었다.

　"사는 것을……."

　노스승은 닫힌 입술을 열었다.

　"은혜라고 말하는 사람이 있다. 그러나 또, 재앙이라고 말하는 사람도 있다."

노스승은 화롯불을 향해 천천히 눈을 떴다.

"벗이여. 너는 어느 쪽이라고 생각하는가?"

"알고 있다면 여기 오지 않습니다. 단지 **신**을 믿을 수
있는 사람이라면 은혜라고 생각하고, 허무를 본 사람이라
면 재앙이라고 생각하겠지요."

소년도 화롯불을 바라보며 대답했다.

"은혜인지 재앙인지 그 답에 의미는 없다. 그보다도,
답해도 어쩔 도리가 없지. 그러나 물음은 있다. 그에 사람
은 답하려고 한다. 은혜인지 재앙인지는 아무래도 좋다.
답을 구하는 것, 그 자체가 견디기 힘든 괴로움이다."

노스승의 엄한 목소리에 놀라 이날 밤 처음으로 소년
은 스승의 얼굴을 바라보았다.

"스승님, 무슨 말씀입니까?"

"**도인**(道の人)이 내게 그렇게 말했단다. 나도 처음에는 너와 같았다. 무슨 말인지 몰랐지."

노스승은 천천히 소년 쪽으로 몸을 돌렸다.

"**도인**은 언제인가 사람들 속에 나타났다. 아무도 본 적 없는 사람인데도, 어느 날 그는 마을 한가운데를, 강변을, 숲속을 걷고 있었다. 그리고 어떤 계기로 시작했는지 모르지만, 사람들은 모두 그와 말을 나누게 되었다."

"어디에 살고 있었습니까?"

"그는 어디에도 살지 않았다. 누가 그를 자기 집에 묵게 했을 것이다. 그렇지 않으면 숲속이었겠지."

"스승님의 집에도 묵었습니까?"

"아니, 아버님은 그를 초대하지 않았다. 그리고 내게 그와 말을 나누지 말라고 매우 조심스럽게 말했지."

"그런데도 스승님은 왜 그와 말을 나누었습니까?"

"어느 날, 그는 내가 걸어가던 그 길의 저쪽에서 걸어왔단다. 그 얼굴도 모습도 아직 분명히 보이지 않는 가운데, 나는 무언가 큰 힘이 다가오는 것을 확실히 느꼈다. 다가오는 그 사람은, 삭발한 머리에 누더기를 두르고 조용히 걸어왔다."

"노인이었나요?"

"아니, 노인은 아니었다. 그는 온화한 빛이 가득했다."

노스승의 눈은 그 옛날의 빛이 돌아온 것처럼 반짝였다.

"나는 더 앞으로 걸어갈 수가 없어, 거의 멍하니 차차 커지는 그의 모습을 바라보고 있었다. 그러자 눈앞까지 온 그가, 스쳐 지나가면서 말했지."

「자네, 따라오게.」

"나는 생각할 틈도 없이, 무언가 따스한 것에 휩쓸려 들어가듯, 그의 뒤를 따라서 걷기 시작했다."

"어디로 갔습니까?"

"강가였다. 그는 남의 눈에 띄지 않는 자리를 골라, 나무 밑동에 걸터앉더니 미소를 지으며 말했다.

「왜 따라 왔는가?」

"그 말을 들었을 때, 내 안에서 무언가 갑자기 무너지기 시작했다. 나는 울었다. 울고 싶지도, 울려고 생각하지도 않았는데도. 이상하게 생각하면서도, 눈물이 계속 흘러나왔지."

소년의 눈에도 한줄기 눈물이 흘렀다.

"나는 지금까지의 일을 말했다. 내가 괴로웠던 것. 신전의 성자, 동굴의 은자를 만난 것을."

"스승님. 그가 스승님의 스승이었습니까?"

"그렇다."

노스승은 희미한 웃음을 띠고 소년을 보았다.

"내가 말을 끝내자, **도인**은 잠시 침묵했다. 그리고 내가 너에게 했던 말을 조용히 말하기 시작했다."

「사람은 답을 끝내 구하고자 한다. 은혜이건 재앙이건. **신**이건 허무이건. 답이 없는 것을 견딜 수 없어 하지.」

"당연하죠!"

나는 소리쳤다.

그러자 **도인**은 다시 조용히 말했다.

「어째서?」

"어째서라뇨……?"

말문이 막혔다.

「그 답이란 무엇인가? 무엇에 대한 답인가? 나는 무엇인지 왜 사는지, 라는 물음에 대한 답인가? 아니다. 그것은 단지 하나의 욕망에 대한 답이다.」

"욕망이요?"라고 내가 묻자, **도인**이 답했다.

「내가 나인 것, 내가 지금 여기에 사는 것, 그것을 받아들이고 싶다는 것. 단지 그 욕망만이 답을 구한다. 그리고 그 욕망만이 삶의 괴로움이다.」

"스승님. 사람의 욕망은 그것만이 아닙니다. 게다가 '나'의 문제, 삶의 문제에 괴로워하는 사람은 많지 않을 것입니다."

"그래. 사람의 욕망은 재산이나 지위, 명예가 대부분이다. 그러나 벗이여. 왜 그런가? 왜 사람은 그것을 욕망하는가?"

소년은 대답하려고 했다. 그러나 노스승은 기다리지 않았다.

"부러움을 사고 싶기 때문이다. 칭찬받고 싶기 때문이다. 인정받고 싶기 때문이다. 누구나 욕망하는 것을 몸에 지녀 타인의 욕망을 불러일으키고 싶기 때문이다."

소년은 목소리가 나오지 않았다.

"타인의 욕망으로 '나'를 지탱하고 삶을 받아들인다."

"그러니 그것을 가질 수 없어 괴로워하는 것이겠죠."

"그럴지도 모른다. 그렇다면 그것을 가지면 괴로움은 그치는가?"

"……그치지 않겠죠."

잠시 생각하더니 소년은 역시 그렇다고 생각했다.

도인은 말했다.

「재산도 지위도 명예도, 사람이 태어났을 때 함께 붙어 나온 것이 아니다. 그것은 사람이 나중에 만들어낸 것에 불과하다. 만들어낸 것은 부서지고 얻은 것은 잃는다. 죽음은 평등하게 모든 것을 빼앗는다. 만들어진 것을 아무리 가졌다고 해도 사람은 자신도, 자신의 삶도 받아들일 수가 없다.」

"그렇다면 벗이여. 사람은 태어나기 전부터 있고, 사는 동안에도 있고, 죽은 후에도 있는, 만들어지지 않은, 잃지 않는, 영원한 존재를 욕망할 것이다. 영원한 존재를 믿고, 설령 그것을 위해 모든 것을 버려도, 그것은 욕망인 것이다."

"**신**도 허무도 말이지요."

"믿는 것과 보는 것에서 사람은 욕망한다. 나인 것을, 사는 것을 받아들이게 하는 그 무엇, 모든 사람의 욕망의 끝에 있는 것을!"

노스승은 높아진 목소리를 다시 낮췄다.

"벗이여, **도인**은 내게 말했다.

「단념하라」

"**신**을 말입니까? 허무를 말입니까?"

"아니. 답을 낸다는 그것을 말이다."

"대답할 수 없기 때문입니까?"

"답이 물음을 그르치게 하기 때문이다."

"네……?"

"나인 것이 아니라 '인 것'. 내가 사는 것이 아니라 '사는 것'. 그것이 바른 물음이다. 알겠는가?"

"아뇨."

「나를 버려라. 그러면 물음은 소멸한다.」

"**도인**은 그렇게 가르쳤다. 이것이 답을 단념한다는 것
이다."

"스승님, 저는 잘 모르겠습니다."

소년은 울었다.

"네가 우는 것은 알기 때문이다. 그것을 가르쳐 주마.
내일 밤, 기다리고 있으마."

소년이 떠나가자, 노스승은 다시 명상에 들어가려고
했다. 그때, 화롯불이 문 입구에 서 있는 소녀를 비쳤다.

"듣고 있었나?"

"네."

"이제 곧 끝난다."

노스승은 깊은 명상에 들어갔다.

일곱 번째
밤

第七夜

"선이란 어떻게 그릇을 만들고
어떻게 그것을 쓸 것인가를 말하는 것이다."

소년이 숲길을 빠져나가자 노스승은 마치 기다리고 있었다는 듯 암자 앞의 나무 그늘에 앉아 있었다. 병에서 막 나은 몸을 작은 모닥불이 비췄다.

소년은 잠자코 노스승의 옆에 앉았다. 노스승은 말했다.

"오늘 밤은 시원한 바람이 부는구나."

"스승님."

"벗이여. 몰라도 된다. 네가 모른다는 것을 나는 잘 알고 있다. 무엇보다도 어려운 것은, 모름을 말로 전달하는 것인데, 너는 그것을 실천하였다."

"네."

"들어라. 내가 존재한다. 내가 살아 있다. 그렇게 생각하므로, 사람은 나란 무엇인지 묻고, 왜 사는지 묻는다. 그러나 그건 잘못이다."

노스승은 달빛으로 푸르게 물든 강물을 바라보면서 계속 말했다.

"내가 존재하는 것이 아니다. 존재하는 것이다. 내가 사는 것이 아니다. 사는 것이다. 물음은 그것부터 시작된다. '나'부터가 아니다."

"그러나 스승님……."

"그래. 너는 '누가?'라고 묻고 싶을 테지. 그것은 누구도 아니란다. '나'는 '누가?'의 물음에 대한 대답이 되는 어떤 자가 아니다. 그것은 '인간'이라 불리는 어떤 것이, 존재할 때에 필요한 그릇에 불과하다. 그렇게밖에는 살 수 없는 형체에 불과하다. 그리고 '나'라는 형체로 살 수밖에 없는 존재를 '인간'이라고 부르는 것에 불과하다."

"그렇다면 스승님, 그것은 도구와 같은 것입니까?"

"그렇다. 벗이여. 물을 마실 때는 그릇이 필요하지. 삶이란 물을 마시는 데도."

"그 그릇으로 마시는 자는 누구입니까!"

소년은 스승을 정면으로 바라보고 지금까지 낸 적 없는 큰 소리로 말했다. 노스승은 조용히, 그러나 꽃이 피듯 미소를 지었다.

"'나'는 아니다. 마시는 자가 누구이건 그는 그릇이 아니다. 알겠는가? 네가 알고 싶은 '누구', 그것은 '나'를 거부한다. 그것은 '나'의 밖이다. '나는 내가 아니다.' **도인**은 그렇게 말했다."

소년의 눈동자는 흐려졌다.

"스승님, 저는 그걸 모르겠습니다."

"그렇지 않아. 너는 알고 있다."

"그래도⋯⋯."

"너는 '그걸 모르겠다'고 말한다. 그것이다. '나'는 이해되지 못한다. 이해되지 않는 '누구'인 것이다."

소년의 암흑에 무언가가 번뜩였다. 그는 노스승의 눈을 뚫어지게 바라보았다.

"나는 누구인지, 그렇게 생각하는 것, 생각되는 불가사의, 생각하지 않을 수 없는 아픔, 그것 이외의 답은 무의미하다."

"그렇습니다만 그것은 답이 아닙니다."

"그렇다고 몇 번이나 말했다."

노스승은 소년의 어깨에 가만히 손을 얹었다.

"**도인**은 내게 이렇게 말했다."

「있다는 것도 산다는 것도 지금이라는 것도 여기라는 것도 이 세계가 이러하다는 것도, '나'라는 형태로만 이 세상에 찾아온다. 하지만 눈을 크게 떠라. 그것은 있을 뿐이며 살 뿐이며 지금뿐이며 여기뿐이며 세계일 뿐이다. '나'는 아니다.」

"그렇다면 스승님. 이처럼 저 강이 보이고, 이처럼 저 바람을 느끼는 것은 저뿐이지 않습니까! 스승님에게 보이는 강은 제게 보이는 강이 아닙니다. 제가 느끼는 바람과 스승님이 느끼는 바람은 다릅니다!"

"그렇다, 그대로다!"

노스승은 즉시 말했다.

"그대로다. 그러나 보이고 느끼는 것은 '내'가 아니다. 보이는 강은 강에 불과하다. 느끼는 바람은 바람에 불과하다. 그것을 '내가 본다'고 말할 때, 그 '나'는 다른 모든 사람이 '나'라고 말하는 '나'다. '나'는 타자에게서 온다. 하지만 저 강이 이처럼 보인다는 그것은, 다른 어떤 것과도 비교할 수 없는 단 하나의 현상이다. 그러므로 그것은……."

소년이 말했다.

"'내'가 아닙니다."

"아무것도 아니다. 그리고 '나'로서 살 수밖에 없다면, 무엇인지 알 것도 없다."

노스승은 소년의 머리를 쓰다듬었다.

"그때, **도인**도 내게 그것을 가르쳐 주었단다."

「내가 있다는 생각에서 벗어나라. 벗어난다면 이미 나는 내가 아니다. 세계는 세계가 아니다. 지금은 지금이 아니다. 여기는 여기가 아니다. 그것은 존재하는 것이 아니고, 사는 것도 아니다.」

나는 지금 너처럼 말했다.

"그럼, 무엇입니까!"

그러자 **도인**은 조용히 말했다.

「단념하라. 그것까지다.」

소년은 울었다. 그리고 작은 목소리로 말했다.

"그래도, 나는 여기에 있는데……."

"벗이여. 견뎌야 한다. 그래야만 삶은 우리에게 찾아온다. 나는 내가 아니다. 그렇다면 '나'를 만들어야 한다. 물을 마시는 그릇을 만들어야 한다. 사람이 산다는 것은 그

런 것이다. 사람이 물을 마신다는 것은 그런 것이야. 그

무거운 짐을 받아들여야 한다. 삶이 고귀한 것이 아니다.

삶을 받아들이는 것이 고귀하다."

"어째서요?"

"받아들이지 않아도 되기 때문이다."

"이유는 없다는 그런 말이네요."

소년은 미소 지었다.

"이 세상에는 해야 할 일이 많지. 해야 한다고 생각하

는 것은, 하지 않아도 되기 때문이다. 살지 않아도 된다.

그러므로 살아야 한다. 개처럼 물을 마셔도 상관없다. 그

러나 물을 그릇에 부어서 마시도록 한다. 고귀함은 그곳

에 있다."

노스승은 소년의 머리에서 손을 떼고 다시 흐르는 강

물을 바라보았다.

「무엇인가 선한 것, 나는 그것을 구하고 있다.」

"**도인**은 어딘가에 반드시 있는 선 그 자체라고는 말하지 않았다."

"그것을 퍼 올리는 것도 '나'라는 그릇입니까?"

"아니다. 선이란 어떻게 그릇을 만들고 어떻게 그것을 쓸 것인가를 말하는 것이다."

"어떻게 하면 좋을까요?"

노스승은 달을 쳐다보았다.

"단 하나의 바른 방법 같은 것은 없다. 단, 결코 착각하지 마라. 그릇은 타자를 통해 만들어지고 타자를 통해 연마된다. 그릇은 물 밖에서 만들어지는 것이 아니다. 물 안에서 만들어진다. 그릇 밖의 물을 푸는 것이 아니다. 그릇을 만들고 갈고 닦을 때 그곳에 물은 찬다."

"스승님."

"벗이여. 그릇을 만들어라. 어려운 일이지만, 그것을 계속 갈고 닦아라. 깨버리고 다시 만들 때도 있겠지. 깨진 그릇으로 마셔야 할 때도 있겠지. 그래도 마지막까지 삶을 남김없이 다 마셔 비우도록 해라."

노스승은 소년을 보았다.

"삶이 나일 때, 그것은 너다. 언젠가 그것을 알게 되면, 죽음은 마른 목을 축이듯이 편안히 찾아올 것이다. 설령 네가 '누구'이건 간에."

"스승님."

소년은 다시 한번 불렀다. 모닥불이 꺼졌다.

"이제 끝났다. 가거라."

노스승은 다시 밤하늘의 초승달을 쳐다보았다.

길이 숲속으로 이어지기 전, 소년은 한 번 뒤를 돌아보았다.

노스승은 암자 앞에 앉아 있었다. 살짝 문이 열리더니 긴 머리의 소녀가 나타나 들고 온 무언가를 노스승의 어깨에 덮었다.

소년은 그곳에서 자신과 노스승 이외의 사람을 처음 보았다. 그는 숲속으로 달려갔다. 노스승과 소녀는 그 모습을 보지 못했다.

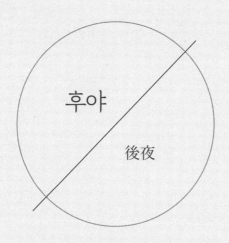

후야

後夜

"살아 갈 의미를 찾기보다
죽지 않을 궁리를 해라."

네. 소리가 들린 적이 있었습니다. 제게 들린 것은 스승님과 당신의 대화 아주 일부분이었어요. 스승님은 당신과의 대화를 매우 소중히 여겼습니다. 정말입니다.

　스승님은 며칠 전에 떠나셨습니다. 네, 제가 전송하고 암자를 치웠습니다. 한 곳에 잠시 머무르다 다시 여행을 떠나신다는 삶을 계속하셨던 듯합니다. 스승님의 스승이 그런 사람이었다고 합니다. 네. 스승님이 **도인**이라고 말쏨한 분입니다.

아뇨, 저는 아버님의 지시로 스승님의 시중을 들었을 뿐입니다. 반년쯤 전부터입니다. 아버님은 스승님이 우리 마을에 오셨을 때, 한 번인가 두 번, 집에 초대한 적이 있었습니다. 그 후, 때때로 스승님을 찾아가서 대화를 나누셨습니다.

당신은 모르겠지만, 당신 말고도 스승님에게 왔다간 사람들이 있었습니다. 그중 몇 명이 스승님에게 암자를 기증하였습니다.

네, 아주 적습니다. 최근에는 당신을 포함해 대여섯 명 정도? 처음에는 더 많았다고 합니다. 제가 다니기 시작한 때만 해도 하루에 몇 명이나 왔습니다.

하지만 한 번 와서 스승님과 대화를 나누고 나면 대부분 다시 오지 않았습니다. 몇 번이나 오는 사람은 처음에는 매우 심각한 얼굴로 이야기를 하였으나, 그러다가 단지 가끔 들르기만 했지요. 그중에는 스승님 옆에 앉은 채로 거의 이야기 같은 이야기도 하지 않고 돌아가는 사람도 있었을 정도입니다. 제 아버님 역시 그랬던 것 같습니다.

왜 그랬을까요? 모르겠습니다. 딱 한 번, 스승님에게, 어떤 이야기를 하십니까? 물은 적이 있습니다. 그러자, 스승님은 그들이 알고 싶은 이야기는 하지 않는다고 말하며 웃으셨습니다.

도인에 관해서는 별로 듣지 못했습니다. 스승님이 젊었을 때, 자신과 당신이 비슷한 나이에 처음 만났다고 합니다.

아뇨, 처음에는 동료 같은 사람들이 몇 명 있었던 듯, 스승님도 그중의 몇 명은 만났다고 합니다. 단지, 스승님은 그 동료들 속에는 끼지 않았습니다.

후야後夜
119

언제였던가? 스승님은 찾아온 사람에게 이렇게 말씀하신 적이 있습니다.

"누구든 매우 매력적인 사람의 옆에는 오래 있어서는 안 되겠구나."

옛날을 떠올리고 말하신 것인지도 모르겠네요.

그건 모르겠습니다. 저도 묻지 못했습니다. 언제, 스승님이 지금 같은 생활을 시작했는지는 저는 모릅니다. 그저 **도인**을 처음 만난 직후가 아닐까 생각합니다.

스승님이 두 번째로 **도인**을 만난 것은 꽤 세월이 지난 후였다고 합니다. 그때, 그의 주위에는 동료라기보다는 제자 같은 사람들이 많이 있었다고 합니다.

최근에야, 특히 당신이 찾아오게 된 후에, 스승님은 제게도 여러 이야기를 해 주시게 되었습니다. 네, 그것은 당신과 마찬가지겠죠. 알 수 없는 말뿐이었습니다. 그래도 잊히지 않습니다.

그렇죠. 이런 말을 들은 적이 있습니다.

"이 세상에 단 하나밖에 없는 것은, 그러므로 소중한 것인가? 그러므로 무의미한 것인가? 어느 쪽이라고 생각하나?"

제가 대답하지 못하자, 스승님은 한마디로 정리하셨습니다.

"정말로 하나뿐이라면 무의미하지."

그리고 덧붙이셨지요.

"그래도, 그 하나가 나라면 무의미하다고는 생각할 수 없다. 그러니 사람은 괴로운 것이다."

당신도 알고 있으리라 생각합니다만, 저는 스승님이 다른 사람보다 머리가 좋다거나, 아무도 모르는 것을 안다거나, 그런 분으로는 보이지 않았습니다.

그보다는 남보다 훨씬 깊게 고민하고, 고민한 경험을 매우 솔직히 말하는 분이라고 생각합니다.

옆에서 보고 있으면, 스승님은 찾아오는 사람에게 무언가 가르치려는 듯이 보입니다. 그래도 절대로 바른 무언가를 가르치는 것은 아니죠? 당신도 그런 가르침을 받았나요? 스승님의 말은 옳다고 생각합니까? 그래도 만나서 다행이었다고 생각하죠?

네. 둘이 당신에 관해 대화를 나눈 적이 있습니다. 스승님에게 "그는 어째서 오는 것일까요?"라고 물은 적이 있습니다. 그도 그럴 것이, 스승님은 당신에게도 알고 싶은 것은 가르치지 않았을 테니까요.

그러자 스승님은 이렇게 말하셨습니다.

"중요한 것은 답이 아니라, 답을 몰라도 헤쳐 나갈 수 있다는 것을 그는 어딘가에서 느꼈다."

네. 그렇습니다. 그리고 이렇게 덧붙이셨죠.

"헤쳐 나가는 방법은 스스로 찾아야 한다."

그리고 또 하나. 당신이 스승님과 만난 마지막 밤, 스승님은 내가 다시 한번 당신을 만나게 된다면, 이렇게 전해 달라고 말하셨습니다.

"살아 갈 의미를 찾기보다 죽지 않을 궁리를 해라."

웃으시네요. 스승님은 당신이 웃으면 이렇게 말하라고 하셨습니다.

"그 웃음이 쓰린 만큼, 너는 '나'를 안 것이다."

타자를 사랑함으로써
나를 사랑하고 연마하라

모든 작품에 해설은 큰 의미가 없다. 단지 본서를 거듭하여 읽은 한 사람으로서 전체를 간단히 정리하고 역자 나름의 감상을 덧붙인다.

『노스승과 소년』은 달빛이 비치는 밤, 어느 암자에서 나눈 노스승과 소년의 대화로 이루어진 작품이다.

원문은 노스승을 노사老師라고 썼다. 즉 노사는 노스승 외로 노스님의 의미도 있다. 하지만 저자는, 승려이기는 해도, 늘 자신의 말이 불교에 관한 이야기로 한정되는 것을 거부하는 입장이다. 그는 다른 글에서 '무당'의 존재 가치도 인정하는 '열린' 종교인이다. '암자' 같은 단어가 나와 노스님이라고 번역할 수도 있지만, 이 책의 내용이 불교에 국한되지 않는 우리 삶의 이야기로 읽히기를 바라는 저자의 의도를 읽어 노스승으로 하였다.

· 전야

노스승은 소년을 '어린 벗'이라고 부른다. 노스승 자신의 어릴 적 모습을 그대로 생각나게 하는 소년을 '벗'으로 받아들인다. 친구는 나이에 관계없다. 우리의 언어 습관으로는 흔히 친구를 또래로 보지만 일본에서 친구友達는 나이와 관계없이 쓴다.

또한 노스승은 현재의 저자, 소년은 과거의 저자이다.

'나는 무엇인지, 삶이란 무엇인지'를 묻는 소년에게 대다수 어른들은 그저 죽으면 하늘로 간다거나, 그저 훌륭한 사람이 되라는 말만 한다. 이 대답에 만족하지 못하고 혼란을 느끼던 소년은 노스승을 만나 자기가 이 세상에 혼자가 아니라는 것을 알게 된다.

· 제1야

소년은 자살이 잘못된 것인지 묻는다. 스승은 답한다. 자살에 선악을 논할 수 없다. 사람은 죽음을 선택할 수 있다. 명확한 이유는 없지만, 어떤 종교에 무조건 의탁하지 않고, 삶을 스스로 결단한다는 것이 세상의 선을 만들어 낸다. 그런 삶이 괴롭기는 하지만 그 삶은 고상한 것이라고 말한다.

· 제2야

소년은 '나'는 누구인가. '진정한 나'는 어디에 있는가 묻는다. 스승은 답한다. 만난 적도 없는 사람을 찾을 수 없는 것처럼, 어느 날 갑자기 본 적도 없는 '진짜의 나'를 찾을 수 있다고 생각하는 것 자체가 잘못된 물음이다. '나'는 인간들이 편의상 만들어낸 약속에 불과하다. '나'는 인간이라는 존재의 불안이 만들어낸 하나의 고민, 고통에 불과하다.

· 제3야

노스승은 자신의 경험을 들려준다. 노인이 쥐를 물에 담가 죽이는 사건으로 스승은 '계속 생각하는' 사람으로 바뀌었다. 자신의 온전했던 세계가 금이 가고 갈라지고 깨졌다. 구도求道는 시작되었다.

· 제4야

노스승은 먼저 신전의 성자를 찾아갔다. 이해하고자
하는 것이 오만의 벌을 받으니 모든 것을 **신**(혹은 하느님)
에게 맡기고 믿으라고 한다. 하지만 그는 그렇게 할 수 없
었다.

· 제5야

노스승은 다음으로 동굴의 은자를 찾아갔다. 은자는
'어른들에게 가려졌던 것은 허무다. 모든 것이 허무의 연
못에 걸친 무지개와 같은 환상'이라고 말한다.

하지만 허무를 깨달아 모든 것을 버린다는 것은 **신**을
믿고 따르는 것과 다름없다. 은자 또한 우상숭배의 대상
이었다. 성자도 은자도, 어떻게든 나와 삶에 대한 물음에
끝내 답을 얻고자 하는 사람이 가진, 욕망의 그림자에 불

과하다고 노스승은 말한다.

· 제6야~제7야

마지막으로 노스승은 길 위에서 한 사람을 만났다. 노스승이 스승으로 섬긴 사람, 즉 도인道人이다.

도인(=노스승)은 말한다. 답을 구하고자 하는 욕망이 삶의 괴로움이다. 영원한 존재를 믿는다는 것도, 즉 **신**이나 **허무**에 나를 맡기는 것 또한 욕망이다. 나를 찾겠다는 물음 자체가 괴로움의 원인이다. 그러므로 단념하라, 그것까지다. 나를 버려라, 그러면 물음은 소멸한다. 나는 내가 아니다. 내가 없다면 나를 만들어가야 한다. 그릇을 만들고 그것을 갈고 닦을 때, 살지 않아도 되지만, 개처럼 물을 마셔도 좋지만, 물을 그릇에 부어서 마셔라. 고귀함은 그곳에 있다. 무언가 선한 것 그것을 구하라. 그렇게 마지막까지 삶이란 물을 다 마셔 비워 버려라.

·후야

노스승은 다시 한번 요약한다. 중요한 것은 답이 아니라, 답을 몰라도 헤쳐 나가는 용기다. 그 방법은 스스로 찾는 것이다. '살아 갈 의미를 찾기보다 죽지 않을 궁리를 해'야 한다.

소년은 아마 먼 훗날, 소녀를 만나 노스승의 말을 나누었을 것이다. 소년은 이 세상에서 결이 비슷한 또 한 사람, 소녀를 만났다. 아니, 더 나아가 소녀는 세상의 모든 사람, 타자이기도 하다.

마지막으로 보여주는 이 장면에서 노스승은 이런 말을 전해주는 듯하다.

"사람을 만나고 사랑하라. '나'는 타자와의 관계 속에

서 존재가 성립하는 것이니 타자를 사랑함으로써 나를

사랑하고 연마하라. 그것이 고귀한 삶이다."

노스승과 소년

1판 1쇄 인쇄 2018년 11월 30일
1판 1쇄 발행 2018년 12월 5일

지은이 미나미 지키사이
옮긴이 김영식
펴낸이 김성구

책임편집 구소연
단행본부 류현수 이은정 고혁 현미나
디자인 한아름 문인순
제　작 신태섭
마케팅 최윤호 나길훈 유지혜 김영욱
관　리 노신영

펴낸곳 (주)샘터사
등　록 2001년 10월 15일 제1-2923호
주　소 서울시 종로구 창경궁로35길 26 2층 (03076)
전　화 02-763-8965(단행본부) 02-763-8966(마케팅부)
팩　스 02-3672-1873 **이메일** book@isamtoh.com **홈페이지** www.isamtoh.com

한국어 판권 ⓒ (주)샘터사, 2018, Printed in Korea.

ISBN 978-89-464-2094-6 03830

이 도서의 국립중앙도서관 출판예정도서목록(CIP)은 서지정보유통지원시스템 홈페이지(http://seoji.nl.go.kr)와
국가자료공동목록시스템(http://www.nl.go.kr/kolisnet)에서 이용하실 수 있습니다. (CIP제어번호 : CIP2018035880)

값은 뒤표지에 있습니다.
잘못 만들어진 책은 구입처에서 교환해드립니다.